LETTRE

ADRESSÉE

A M. LE DOCTEUR PÉTROZ

PAR

M. LE DOCTEUR AUDOUIT

EX-MÉDECIN DE LA MARINE MILITAIRE

A PROPOS DU PROGRÈS EN HOMOEOPATHIE

LETTRE

ADRESSÉE

A M. LE DOCTEUR PÉTROZ

PAR

M. LE DOCTEUR AUDOUIT

A PROPOS DU PROGRÈS EN HOMOEOPATHIE

———

Monsieur et très-honoré doyen,

Dans le toast que vous portâtes au dernier banquet anniversaire de la naissance de Hahnemann, vous terminiez en exprimant le vœu que la doctrine émanée de ce grand homme ne fût point altérée par ses successeurs, et ce vœu, dans votre bouche surtout, avait une importante signification.

Vous ne supposiez certainement pas, monsieur et très-honoré doyen, que les principes fondamentaux de la doctrine homœopathique pussent être mis en péril par les disciples de Hahnemann. Mais en jetant les yeux sur leur imposante phalange, en y apercevant une pléiade d'hommes éminents qui croiraient manquer et qui manqueraient en effet à leur mission, s'ils se contentaient purement et simplement de l'héritage acquis ; en voyant, en un mot, la doctrine homœopathique s'engager avec un nouvel et plus rapide essor dans cette voie de

progrès si conforme à la nature de toute chose humaine, mais
en même temps si difficile à parcourir ; tout en vous enorgueil-
lissant, monsieur et très-honoré doyen, de ces honorables
apôtres occupés à rechercher, avec la plus louable ardeur, les
moyens de perfectionner ce qu'il peut y avoir de perfectible
dans les conséquences du principe de la doctrine homœopathique, vous n'avez pu vous empêcher d'éprouver et de formuler
cette appréhension bien légitime à tout homme, qui, ayant
donné sa part de soins à une chose ou à un être, mesure à la
fois, quand cet être ou cette chose, fait de nouveaux pas dans
la carrière, et les succès et les écueils.

Espérons qu'en ce qui concerne la doctrine homœopathique,
les seconds seront aussi rares que les premiers seront abon-
dants. Néanmoins, dans cette propulsion des esprits vers les
derniers mots de la science, il ne faut point nous attendre à
cette conformité d'opinions qui existe à l'égard de ses premiers
éléments. Chacun imprimant à ses observations et à ses recherches, le caractère de ses propres tendances, le cachet de ce qui
lui est personnel, il en résultera nécessairement des diver-
gences plus ou moins tranchées entre les investigateurs partis
du même principe, animés des mêmes intentions et cheminant
vers le même but.

Peut-être même, sommes-nous destinés à voir se renouveler
parmi nous l'ancienne tradition des *doctrinaires* et des *éclecti-*
ques. Mais, qu'on se rassure, si les conséquences du principe
auquel nous nous sommes attachés sont de nature, en vertu
de leur difficulté d'appréciation, à déterminer des dissidences
de détails, jusqu'au jour où de ces dissidences mêmes aura
jailli le dernier rayon de la lumière, le principe fondamental
ne cessera de conserver toute son intégrité primitive ; dût-il
avoir à subir quelques-unes de ces imprudentes atteintes qui
ne sauraient avoir pour lui d'autre résultat que de démontrer
son immuable vérité

Parmi les champions qui semblent promettre de se distin-
guer dans la lice, se trouve M. le docteur Perry, qui vient de
publier quelques appréciations tirées des errements de sa
pratique, dans une brochure ayant le choléra pour texte

et adressée sous forme de lettre à M. le docteur Nuñez, l'un
de nos plus habiles praticiens d'Espagne.

Le moyen de publicité dont se sert M. le docteur Perry
pour exposer les théories qu'il professe, me paraît convier au
spectacle du conflit que peuvent soulever ses opinions, un cer-
cle d'auditeurs beaucoup plus grand que ne l'est d'habitude
celui devant lequel s'agitent les questions essentiellement mé-
dicales. Je sais que M. Perry n'a pas tout à fait eu le choix du
moyen. Mais, l'aurait-il eu qu'il ne me viendrait point à l'esprit de le critiquer à cet égard. Nous ne sommes point de ceux,
en effet, dont les doctrines ont à redouter la discussion au
grand jour. D'un autre côté, ne l'oublions pas, nous nous
trouvons placés vis-à-vis du public en général, et du nôtre en
particulier, dans une situation tout exceptionnelle. Ce n'est
point seulement avec des faits que nous avons conquis ce public, le nôtre. Il n'a point suffi dans le principe, que nous lui
montrassions par des succès aussi manifestes que nombreux,
les précieux avantages de la médication homœopathique. Sous
l'empire de l'étonnement causé par des résultats si prodigieux,
obtenus avec des moyens si simples, en apparence, chaque té-
moin oculaire sollicitait de nous des explications, qu'il nous
était impossible de refuser, eu égard à la position intellec-
tuelle ou sociale des personnes qui nous interrogeaient. Car,
on ne l'ignore pas, c'est dans les plus hautes régions de la société
que la doctrine homœopathique a fait ses premiers pas, et c'est
de là quelle rayonne, en y voyant chaque jour augmenter le
nombre de ses néophytes. En dépit des faits, qui nous met-
taient en butte à ces interrogations incessantes, que d'objec-
tions n'avons-nous pas dû résoudre! Bien plus, que de fois
ne nous a-t-il pas fallu détruire un reste d'incrédulité chez
ceux-là mêmes qui, abandonnés par nos maîtres ou nos collègues de l'ancienne école, avaient reconquis par nos soins,
l'existence prête à leur échapper!

Il en est résulté, qu'après avoir acquis cette conviction ar-
dente qui enfante le prosélytisme, nos partisans ont employé dans un esprit de propagande, les arguments que nous
leur avions appris. Ceux qu'ils désiraient convaincre, ont ré-

pliqué sous la dictée de leur médecin ordinaire, car on peut répliquer à tout, et peu à peu, la mêlée devenant générale, on a pu voir de tous côtés, les personnes jusqu'alors le moins versées en médecine, en discuter les questions les plus ardues.

Eh bien, c'est encore, et plus que jamais peut-être, l'histoire de tous les jours, car à chaque pas nouveau que tente la doctrine homœopathique, nos adversaires ont l'oreille au guet et nos adeptes les questions aux lèvres ; et comme les premiers pourraient entendre mal, et par conséquent répéter de même, il ne me paraît pas inutile de laisser les seconds s'édifier tout à leur aise, sur des travaux dont le principal mobile n'est autre, en définitive, que notre désir de multiplier les services que nous leur avons déjà rendus.

Voilà pourquoi je ne désapprouve point M. le docteur Perry d'avoir adressé son travail aux gens du monde aussi bien qu'aux médecins.

Mais, le champ de la lice étant ainsi tracé, l'on conçoit que je ne puis pas aborder l'examen critique des théories de ce confrère, sans avoir préalablement rappelé ces principes fondamentaux que certains lecteurs inattentifs ou mal intentionnés pourraient croire être mis en cause, et que j'aurais considérés comme acquis et immuables, si j'écrivais uniquement pour les habitués de notre journal.

Ceux-ci, d'ailleurs, voudront bien me pardonner ce qu'il y aura de superflu pour eux dans le rapide exposé qui va suivre, en faveur du soin que je prendrai d'y spécifier nettement les éléments pour lesquels nous admettons la perfectibilité, par conséquent le débat, et des efforts que je ne manquerai pas de faire, pour opposer quelques arguments aux attaques acharnées dont nous sommes incessamment l'objet.

Ainsi que Hahnemann le dit lui-même, il n'est point l'inventeur du principe sur lequel il a fondé sa doctrine. Ce principe a existé depuis l'origine des siècles, mais il existait à la façon de la vapeur, dont on ne soupçonnait pas la puissance, malgré qu'elle s'exerçât à chaque instant sous les yeux. Que de gens avaient vu, sans en rien conclure, de la vapeur d'eau soulever le couvercle de leur marmite, avant que Hieron inventât son

.eolipyle! Et, ce qu'il y a de plus extraordinaire, que de siècles se sont écoulés avant que l'on songeât à donner suite à cette ingénieuse machine, embryon mémorable du plus grand agent de la civilisation moderne, et dont la date seule en dit plus long sur l'aveuglement de la pauvre espèce humaine que les exclamations les plus prolixes : cent vingt ans avant Jésus-Christ !

Les premières données de la doctrine homœopathique remontent plus haut encore, puisque Hippocrate cite un cas de guérison de choléra-morbus qu'il obtint uniquement par l'hellébore blanc (*veratrum album*), substance que nous employons avec un succès remarquable dans certaines formes ou phases de cette affreuse maladie, et dont le choix est fondé comme celui de tous nos autres médicaments, sans aucune exception, sur cette grande loi homœopathique : *Guérissez les maladies par des agents susceptibles de déterminer des symptômes analogues à ceux de ces maladies.*

Telle est, en effet, la loi générale de thérapeutique proclamée par Hahnemann vers la fin seulement du siècle dernier, mais qui, par bonheur, exerça sa divine influence bien longtemps avant d'avoir été formulée; ainsi que Hahnemann l'a fait ressortir dans son chapitre des *guérisons dues au hasard*, chapitre terminé par ces lignes empruntées à Stahl, et que je reproduis à l'exemple du maître :

« La règle admise en médecine, dit Stahl, de traiter les maladies par des remèdes contraires ou opposés aux effets qu'elles produisent (*contraria contrariis*, allopathie) est complétement fausse et absurde. Je suis persuadé, au contraire, que les maladies cèdent aux agents qui déterminent une affection semblable (*similia similibus*, homœopathie) : les brûlures, par l'ardeur d'un foyer dont on approche la partie; les congélations, par l'application de la neige et de l'eau froide : les inflammations et les contusions, par celle des spiritueux. C'est ainsi que j'ai réussi à faire disparaître la disposition aux aigreurs, par de *très-petites doses* d'acide sulfurique, dans les cas où l'on avait inutilement administré une multitude de poudres absorbantes. »

Mais, ainsi que le dit Hahnemann, si beaucoup avaient approché la grande vérité, pas un ne l'avait complétement reconnue, et c'est bien à lui seul qu'il faut en rapporter tout l'honneur. C'est lui que béniront les siècles futurs comme l'un des plus grands restaurateurs des temps modernes !

Mais combien d'années doivent s'écouler encore, avant que cette vérité soit généralement et uniquement admise ?

Je dis uniquement et j'insiste sur le mot, car nous ne saurions nous contenter des concessions qui nous sont déjà faites par ceux de nos adversaires qui, moins intéressés que d'autres au maintien du *statu quo* médical, sont, par conséquent, plus accessibles au progrès.

Ces adversaires loyaux, parmi lesquels se trouvent assurément beaucoup de futurs adeptes, ont cessé depuis lontemps ces pauvretés facétieuses qui ont accueilli tout d'abord le principe de la doctrine homœopathique. Ils nous accordent déjà que, loin d'être aussi chimérique et aussi absurde qu'on a commencé par le dire, ce principe est évidemment le seul en vertu duquel certains médicaments employés par eux tous les jours, procurent la guérison de certaines maladies. Ils avouent qu'ils sont homœopathes quand ils emploient le mercure contre la syphilis, le sulfate de quinine contre la fièvre, le coton contre les brûlures, la neige contre la congélation, etc., etc. Mais s'il est vrai, disent-ils, que, dans beaucoup de cas, l'on oppose avec succès aux états morbides, des agents susceptibles de développer sur l'homme sain des états analogues (*similia similibus*), il en est d'autres où nous ne guérissons que d'une manière diamétralement opposée, c'est-à-dire en administrant des agents médicamenteux qui déterminent sur l'individu sain des symptômes exactement contraires à ceux que nous voulons annihiler (*contraria contrariis*). De sorte qu'il peut leur arriver, en traitant un malade pour deux affections diverses, de donner en même temps raison à Hahnemann et à M. Bouillaud.

Je ne m'armerai point ici contre ces confrères de tous les arguments qu'il me serait facile de puiser à flots dans les éléments les plus simples du bon sens et de la logique; il me suffira de leur rappeler, en les engageant tous à y méditer sérieusement :

Que deux propositions contradictoires ne sauraient être également vraies.

Que si la ligne droite est le plus court chemin d'un point à un autre, il n'existe pas de ligne courbe de laquelle on puisse en dire autant.

Que la première condition d'une science étant d'avoir l'unité pour principe, la médecine n'en est pas une si elle a pour point de départ deux principes hétérogènes.

Que quand les médecins laissent dire, et, ce qui pis est, quand ils répètent que la médecine ne saurait devenir une science exacte, ils donnent une preuve d'humilité bien grande ou de naïveté bien primitive, attendu que l'exactitude d'une science ne dépend point des applications qu'on en fait, mais bien de la base sur laquelle elle repose; car autrement, tout le prestige des mathématiques pourrait être détruit par le plus obscur écolier se trompant dans une addition ;

Qu'en admettant la possibilité de fonder une doctrine sur deux lois aussi disparates que le sont celle des contraires et celle des semblables, on aboutirait infailliblement au chaos, par suite de l'impossibilité dans laquelle on se trouverait de déterminer à *priori* d'après quels symptômes il faudrait adopter l'une au l'autre de ces deux lois, et qu'alors chaque médecin n'aurait d'autres guides que son instinct, son inspiration, sa routine ou son caprice;

Que déjà vieille de vingt-trois siècles, il est bien temps que la médecine, dont l'arsenal thérapeutique est encore loin d'être complet, se mette enfin à même d'augmenter ses richesses autrement que par les honteuses aumônes qu'elle reçoit de l'empirisme;

Que le seul moyen de conquérir cette importante et précieuse initiative et de faire de ses découvertes une application profitable, c'est de se créer, avant tout, une règle invariable et sûre, tant dans l'adoption des agents naturels susceptibles de devenir des médicaments, que dans les déterminations des effets que ces médicaments sont susceptibles de produire;

Et que cette règle, enfin, ne pouvant offrir un caractère de dualité sans qu'il en résulte les graves inconvénients que je signalais tout à l'heure, il faut que l'on choisisse entre les deux principes actuellement en présence :   .

Contraria contrariis,

Similia similibus ;

tous les deux exclusifs, tous les deux absolus, et n'ayant entre eux qu'un seul point de commun : leur antipathie réciproque.

C'est ainsi du moins que je les considère, et c'est aussi pourquoi je combattrai tout à l'heure quelques-uns des errements de M. le docteur Perry.

Pour ceux qui veulent bien raisonner, toute la réforme médicale est dans le principe formulé par Hahnemann et d'après lequel une maladie, quelle qu'elle soit, est guérie par l'agent médicamenteux, qui détermine chez l'homme sain des symptômes analogues à ceux de cette maladie. Mais ce principe ne constitue point toute la doctrine homœopathique, pas plus que les mathématiques ne résident dans cet élément fondamental de la science des nombres : que le tout est plus grand que la partie. Seulement, avant d'aller plus loin, soit en mathématique, soit en médecine, il est indispensable de s'accorder sur le point de départ.

Si vous n'admettez pas que deux propositions contradictoires ne sauraient être également vraies ; qu'il est impossible de mener d'un point à un autre une ligne plus courte que la ligne droite, et qu'une science ne peut reposer sur deux principes hétérogènes, il est inutile que nous allions plus avant ; car, que nous soyons mathématiciens ou médecins, si nous partons de deux points de départ différents, tout principe ayant des conséquences absolues et exclusives, nous commencerons à diverger dès le premier pas que nous voudrons faire.

Si vous reconnaissez, au contraire, cette vérité si simple, qu'en toutes choses et sans aucune exception, le point de départ n'est et ne peut être que l'unité, et si, continuant de rendre hommage à votre propre expérience, vous avouez que la guérison de certaines maladies ne s'obtient qu'en vertu de la théorie des semblables ; si, autrement dit, vous proclamez avec nous la vérité du principe homœopathique, nous pouvons examiner ensemble les conséquences de ce principe, et, quelque étonnement que ces conséquences vous causent, il faudra bien que vous les admettiez, au moins comme possibles, puisqu'elles auront découlé d'un principe que vous aurez reconnu pour vrai. A moins donc, qu'abandonnant de nouveau les éléments de la plus simple logique et du plus grossier bon sens, vous ne disiez que l'erreur est la conséquence immédiate de la vérité, ou que vous n'en reveniez à la négation du principe lui-même, donnant de la sorte un démenti formel à Hippocrate, guérissant le choléra par une substance capable de déterminer les principaux symptômes de cette affection ; à Hoffmann, qui traitait plusieurs sortes d'hémorrhagies par la millefeuille ; à Boerhaave. Sydenham et Radcliff, administrant le sureau contre l'hydropisie ; à Pringle, guérissant la pleurésie par la scille ; à Tralles, employant l'opium à petites doses contre la constipation ; à Rave et Wedekind, arrêtant des métrorrhagies avec la sabine ; à Fabrice d'Aquapendente, préconisant les cantharides contre l'ischurie ; à Van Helmont, guérissant la passion iliaque avec des préparations saturnines ; à Franklin, traitant avec succès les convulsions par l'électricité ; à vous, messieurs, enfin, quand vous administrez ces médicaments que l'expérience vous a démontrés si héroïques et qui ne sont tels, qu'en vertu de l'application homœopathique que vous en faites ; ou quand le hasard vous conduit à découvrir l'effet de certains autres qui agissent de la même manière, ainsi qu'il est arrivé l'autre jour à M. Marchal de Calvi, cet ardent et infatigable chercheur qui, dans une angine couenneuse, ayant prescrit le bi-carbonate de soude, afin de provoquer un effet général, s'est trouvé tout stupéfait du résultat local qu'il avait obtenu.

Ce fait, auquel on pourrait en joindre tant d'autres, me semble bon à reproduire, car il en ressort plus d'un enseignement.

« .... Je me décidai donc, dit M. Marchal de Calvi (extrait de la *Gazette médicale de Paris*), à faire une application de sangsues pour atténuer l'élément inflammatoire, et à donner le bi-carbonate de soude à doses notables et rapprochées, pour combattre l'excès de plasticité du sang.

« Je prescrivis douze sangsues aux régions sous-maxillaires (six de chaque côté) et vingt-deux grammes de bi-carbonate de soude, en douze paquets (un toutes les demi-heures, dans une cuillerée d'eau sucrée).

« Il était neuf heures du matin. Je revins à une heure. Le malade avait pris huit grammes de bi-carbonate de soude. Les sangsues avaient donné beaucoup de sang et il coulait abondamment, moins plastique évidemment qu'à l'état normal. Quant à la gorge, ce que je vis est inouï, et me causa autant de surprise que de joie. (Je cite textuellement.) Ce fut au point que je doutai un moment de ce que j'avais vu quatre heures auparavant ; mais j'y avais porté trop d'attention pour que le doute pût subsister. Les fausses membranes de la langue persistaient, au milieu d'une couche pultacée gris sale, qui recouvrait aussi les gencives, où elle était blanche ; mais la suffusion plastique de l'arrière-gorge avait complétement disparu ; il n'en restait plus de trace. Dans l'espace de quatre heures, un signe capable d'inspirer le plus grand effroi s'était effacé complétement. »

« Était-ce, continue M. Marchal de Calvi, sous l'influence du bi-carbonate de soude ? Je le crois ; mais c'est trop peu d'un fait pour une telle croyance et pour l'espoir qui en découlerait. »

Vous avez raison, monsieur, me permettrai-je de répondre en interrompant ici l'ex-professeur du Val-de-Grâce, un seul fait n'établit rien en thérapeutique ; mais quand il est observé avec autant de soin que vous en avez mis dans celui que vous rapportez, il suffit pour donner l'éveil au médecin intelligent qui le recueille, et doit lui faire ardemment désirer que d'autres observations viennent augmenter sa valeur.

Si donc tel est votre désir, et pour ne parler que de certaines affections, quand il se présentera dans vos salles, ce qui doit arriver fréquemment, des malades atteints d'amygdalites aiguës bien prononcées, administrez-leur de la belladone aux atténuations que nous avons l'habitude d'employer dans ce cas ; et si déjà les amygdales sont ulcérées, remplacez la belladone par le carbonate de baryte, toujours à l'état dynamique,

et vous vous convaincrez de l'avantage que possèdent cette so-
lanée vireuse et ce sel alcalin sur les sangsues, les gargarismes
et les pédiluves. Marchant alors de surprise en surprise, et pre-
nant la peine d'étudier la pathogénésie des sels de soude, vous
arriverez, par l'habitude, à ne plus être étonné de la merveil-
leuse cure que vous avez faite.

« J'ai dit, ajoute M. Marchal de Calvi, que le sel alcalin avait
pour objet de combattre l'excès de plasticité du sang; il avait
aussi sur la diphtérite un autre mode d'action, un effet local
ou direct.... » — Allons donc, monsieur, encore un ou deux
petits mots, dites donc spécifique ou homœopathique, et nous
commencerons à nous entendre. — « Effet, continue M. Marchal, qui n'a pas échappé à M. Trousseau, auquel j'ai commu-
niqué le cas, et qui l'a pris en considération, au point de vou-
loir essayer les carbonates alcalins dans le traitement de
l'angine couenneuse. » Je le crois sans peine ; M. Trousseau est
un praticien trop intelligent et trop à la piste de tout ce qui
peut augmenter les richesses de la thérapeutique, pour ne pas
essayer, comme vous le dites, les carbonates alcalins dès que
l'occasion s'en présentera. Mais quand M. Trousseau, qui n'en
est point certainement, à se créer une opinion sur la valeur du
principe *similia similibus*, aura constaté comme vous, monsieur, l'efficacité d'un sel alcalin dans certaines formes d'an-
gines, expliquera-t-il, ou plutôt s'expliquera-t-il cette efficacité
comme le fait M. Marchal, en disant : « que l'effet local dont
il vient de parler, est d'autant plus facile à comprendre, qu'un
gramme de bi-carbonate de soude, dans une cuillerée d'eau,
est assez difficile à avaler et passe en grattant, suivant l'expres-
sion du malade. » Ce qui revient à dire que dans le cas relaté
par M. Marchal de Calvi, l'action du carbonate alcalin a été
simplement locale, et que le médicament, dirigé contre le
système circulatoire du malade a, chemin faisant, et tout en
remplissant son but principal, trouvé le moyen d'exercer cette
petite action topique dont M. Marchal est si profondément
émerveillé. M. Trousseau n'éprouvera-t-il point certaines dif-
ficultés à admettre que l'absorption soit si rapide sur des mu-
queuses enflammées, œdémaciées et recouvertes aussi abon-

damment d'exsudations plastiques, que l'était celle de la gorge du malade de M. Marchal? Ne pensera-t-il point, à part lui, qu'il peut bien y avoir eu là, quelque chose qui pourrait être désigné par l'un des deux mots que M. Marchal de Calvi n'a pas osé prononcer?

Mais, dira-t-on, en supposant que dans ce cas, ainsi que dans tous ceux que vous avez cités, il y ait eu guérison en vertu seulement du principe des semblables, cela ne prouverait rien au delà de ce principe, et ne saurait fournir, par exemple, aucun argument en faveur de la dynamisation des médicaments, puisque dans toutes ces observations les agents médicamenteux ont toujours été administrés à doses massives.

C'est parfaitement exact; aussi n'ai-je entendu déduire de tous ces faits que l'absolue vérité du principe *similia similibus*. Quant aux conséquences qui en découlent, on va voir ce qu'elles ont de logique et d'obligé. Mais encore ici ne confondons pas. Si les mots peuvent s'éloigner parfois de leur sens exact et rigoureux, ce n'est point dans un travail qui a pour but, comme celui-ci, de séparer les points discutables de ceux qui ne sauraient l'être. Or, si je maintiens le mot conséquence, pour désigner une partie des propositions qui vont suivre, il en est une qui s'élève à la hauteur d'un axiome.

Voici dans quels termes Hahnemann l'a fait connaître :

« Dans le cours de ces recherches, dit-il, qui ont exigé tant d'années, j'ai fait une découverte importante. J'ai reconnu qu'en agissant sur l'homme bien portant, les médicaments donnent lieu à deux séries opposées de symptômes, dont les uns paraissent aussitôt ou peu de temps après que la substance a été introduite dans l'estomac, ou mise en contact avec une partie quelconque, tandis que les autres, entièrement contraires, se manifestent peu après la disparition des premiers. J'ai constaté en outre, que le seul cas où les médicaments procurent un secours durable, est celui où il y a concordance entre les symptômes qu'ils déterminent pendant les premières heures de leur action sur l'homme sain, et ceux de la maladie qu'on veut combattre, parce qu'alors cette dernière est anéantie d'une manière incroyable par la maladie très-analogue à laquelle la substance médicinale donne lieu.

« D'un autre côté j'ai reconnu aussi, ce qu'il est maintenant facile de prévoir, qu'en suivant la marche inverse (*contraria contrariis*), c'est-à-dire en opposant les effets primitifs des médicaments à des symptômes morbides contraires, par exemple l'opium à une insomnie habituelle ou à une diarrhée chronique, le vin à une faiblesse invétérée, les purgatifs à un resserrement du ventre habituel, on n'obtient qu'une guérison palliative, un soulagement de quelques heures seulement, parce que, ce laps de temps écoulé, arrive la seconde période de l'action médicamenteuse, qui amène le contraire de l'effet primitif, c'est-à-dire un état analogue à celui de la maladie qu'on veut combattre, et qui, par conséquent, ne fait qu'ajouter à celle-ci, que l'aggraver. »

Que découle-t-il de ce corollaire? Il découle : que si l'effet secondaire, le seul durable, d'un agent médicamenteux donné d'après le principe *contraria contrariis* est inévitablement d'aggraver la maladie, l'effet primitif d'un médicament administré d'après la théorie des semblables, sera également d'ajouter à la maladie que l'on veut combattre, une aggravation d'autant plus considérable que la dose du remède aura été plus forte, et de compromettre fort souvent la vie du malade, à moins donc que la substance médicamenteuse donnée sous une forme grossière et difficilement absorbable, ne soit en grande partie rejetée par les vomissements, les garde-robes, les urines ou la sueur ; manifestations antipathiques de la force vitale, ou, si l'on veut, de l'économie, contre l'agent grossier qui la sollicite. D'où la nécessité de donner les médicaments à aussi petite dose que possible.

Que devait donc faire Hahnemann pour éviter ces accidents si funestes parfois au malade? La réponse est toute simple ou du moins elle nous paraît telle aujourd'hui : rendre les médicaments aussi purs et aussi facilement absorbables que possible, et n'en donner que juste la quantité nécessaire pour changer l'état morbide naturel en une maladie médicamentaire. Hahnemann dilua donc ses médicaments, en ayant grand soin que chaque atome du véhicule choisi contint un atome de l'agent médicamenteux, et mit en œuvre dans ce but les principaux moyens mécaniques indiqués par la pharmacie, c'est-à-dire la macération, la trituration, la succussion, etc.

Mais alors il se produirait un singulier phénomène. Quelques milligrammes d'un médicament ainsi préparé, produisaient des effets incomparablement plus forts que le même médicament administré, par exemple, sous forme de poudre. Il s'était donc passé dans ces triturations et ces dilutions quelque chose de particulier. Ces manœuvres avaient donc développé dans la substance mise en œuvre, une force qu'elle ne possédait pas dans son état naturel? Voilà ce que Hahnemann comprit aussitôt. En conséquence, il fit subir à ses médicaments des atténuations successives ; éleva ces atténuations selon que l'expérience lui en montrait la nécessité, et arriva de la sorte, par une observation de toutes les minutes, à pouvoir nous léguer les principaux éléments de la doctrine qui doit renouveler un jour l'une des principales faces de l'art médical.

Maintenant, tous les éléments des legs précieux que nous a faits Hahnemann, doivent-ils être acceptés sans conteste? La dynamisation, par exemple, cette conséquence d'une conséquence, a-t-elle, quoique essentiellement vraie dans son essence, une formule aussi nette que la loi des semblables, l'action primitive et secondaire des médicaments et la nécessité de les donner purement et en petite quantité? Je crois qu'à cet égard et dans les détails la discussion est permise et la perfectibilité possible. C'est aussi, sans doute, ce que pense M. Perry. Mais qu'on y prenne garde; en touchant à un point de doctrine aussi voisin du principe fondamental, on court le risque de se heurter sur de dangereux écueils. C'est ce qu'a fait, il me semble, M. le docteur Perry, dont je vais à présent examiner le travail.

M. le docteur Perry est de la race des chercheurs. Au lieu de s'endormir sur ses lauriers, il compte ses défaites, ce dont je suis loin de le blâmer, et, dans son ardeur à multiplier ses éléments de succès, il passe, avec trop de précipitation peut-être, d'un extrême à l'autre. Il a été l'un des plus ardents pré-

coniseurs de ces atténuations énórmes, qui laissaient bien en
deçà d'elles tout ce que l'imagination peut rêver d'infiniment
petit, et, par une de ces réactions naturelles à l'ordre moral
comme à l'ordre physique, il revient, comme il le dit, à son
point de départ, espérant trouver dans la combinaison des
doses massives et des doses dynamisées, le dernier mot de la
thérapeutique.

Nous désirerions assurément apercevoir dans le travail de
M. Perry le germe d'une idée féconde, et nous serions tout prêt
à le seconder de nos faibles moyens, s'il s'était borné simplement à agiter cette question si intéressante et si délicate de la
dynamisation des médicaments. Mais, ainsi que je le disais
tout à l'heure, cette question est si voisine des principes fondamentaux de la doctrine d'Hahnemann, que, malgré toute son
intelligence, M. Perry n'a pas pris garde qu'il froissait quelques-uns de ces principes. Imprudence fatale, qu'il expie par
une suite de contradictions, dont le résultat immédiat est de
jeter dans son travail une confusion fâcheuse, et dont le résultat éloigné serait plus fâcheux encore.

Examinant l'action des doses massives et des doses atténuées,
la part qu'il convient de faire aux premières et l'emploi simul-
tané de plusieurs agents thérapeutiques, M. Perry s'explique
en ces termes :

« ... Combien de fois, dit-il, ne sommes-nous pas appelés à
soigner des malades actuellement saturés de camphre, de
musc, d'opium, de quinquina, d'iode, de mercure, etc.; et
néanmoins, chez ces sujets, nos médicaments, quelquefois
même administrés par simple olfaction, n'agissent-ils pas immédiatement, et n'ont-ils pas produit de ces cures merveilleuses
qui ont fait la gloire et le triomphe de l'homœopathie? . . .

. . . .

« Il est à remarquer, continue M. Perry, que dans plusieurs
cas une *même substance* s'est trouvée appliquée, à la fois, à l'effet naturel et à l'état dynamisé, *sans que les doses massives
aient nui en rien à l'effet des doses infinitésimales, les unes
et les autres conservant, au contraire, chacune leur sphère
d'action.* »

2

Cette remarque est-elle fondée sur des observations bien rigoureuses? Je voudrais le croire, mais on avouera que les lignes qui suivent immédiatement celles-ci, sont évidemment de nature à jeter dans mon esprit quelque hésitation. Voici, en effet, comment poursuit M. Perry :

« Bien plus, il nous arrive de nous servir avec avantage des atténuations plus ou moins élevées de certains médicaments, tels que le mercure, le soufre, le quinquina, etc., pour combattre les fâcheux effets produits par l'abus de ces *mêmes médicaments* employés à l'état naturel. *Ici, loin que les atténuations soient neutralisées, ce sont elles qui neutralisent jusqu'à un certain point les doses massives.* »

Et pourquoi ici plutôt que là?

Comment se fait-il que dans certains cas, l'effet d'une substance administrée sous forme massive ne nuise en rien à l'effet de la *même substance* administrée sous forme dynamique, *chacune de ces formes conservant au contraire sa sphère d'action*, tandis que dans certains autres cas, vous fondez votre pratique sur un principe diamétralement contradictoire, c'est-à-dire sur la propriété que possèdent les *doses atténuées de neutraliser les doses massives*; propriété que nous admettons effectivement comme vraie, tant au point de vue doctrinal qu'au point de vue pratique?

Je sais bien que les mots de *certain point* et de *certains cas*, placés dans l'une et l'autre proposition, peuvent être, dirai-je aussi moi, d'un *certain* secours à leur auteur. Mais il était peut-être indispensable de spécifier les certains cas, sinon le certain point, car il est manifeste que jamais cet adjectif n'a mieux représenté qu'ici, l'idée d'incertitude et d'obscurité qu'on lui donne si fréquemment, en dépit de son acception primitive.

M. Perry deviendra-t-il plus explicite dans le cours de son travail? c'est ce que nous allons voir.

Cherchant à justifier l'emploi des tisanes qu'il conseille à titre de préservatifs hygiéniques, M. Perry s'interroge et se répond ainsi :

« Pourquoi des infusions? pourquoi ne pas administrer ces médicaments sous la forme et aux doses consacrées par notre thérapeutique? pourquoi, ce qui est plus grave, conseiller, comme je le ferai tout à l'heure, ces infusions en même temps qu'un autre médicament homœopathique, et aussi l'application des métaux et même le camphre, cet antidote presque universel de nos préparations? Me plaçant uniquement sur le terrain de la pratique, et laissant de côté, pour y revenir ailleurs, ce qui n'intéresse que la doctrine, je répondrai que les médicaments, *soit en infusion, soit dans une préparation quelconque qui laisse exister leur état naturel, état que nous avons appelé massif,* n'agissent pas sur l'organisme de la même manière que lorsqu'ils sont atténués par les procédés de l'homœopathie. »

C'est la répétition de ce que nous avons lu précédemment. Mais qu'en va déduire M. Perry? En conclura-t-il qu'administré simultanément sous ces deux formes, le même médicament produit des effets distincts qui accomplissent chacun leurs périodes, comme il le prétend dans sa première proposition, ou dont les uns neutralisent les autres, comme il le reconnaît dans la seconde? Rien de tout cela. « Ces deux modes d'action, dit-il, se *favorisent mutuellement et se complètent.* »

Ainsi, d'après M. Perry, dans l'un de ces certains cas, qu'il omet de spécifier, les effets du même médicament, administré simultanément sous les deux formes, conserveront chacun leur sphère d'action.

Dans un autre cas, les atténuations neutraliseront les doses massives.

Enfin, dans un troisième, on n'observera ni tolérance ni lutte, mais bien une fraternité d'action à laquelle on était peut-être loin de s'attendre, car la tolérance n'implique pas nécessairement la sympathie, et, s'il y a lutte, adieu la fraternité!

Un peu plus loin, parlant de l'hypocondrie cholérique, sur laquelle, avec raison d'ailleurs, il appelle l'attention, et qu'il conseille de combattre par la sauge à l'état dynamique ou à l'état massif, « l'infusion, dit-il, devra généralement être administrée avant les doses homœopathiques, afin de préparer en quelque sorte la constitution au travail de ces derniers. » Ah! cela est plus clair, et la troisième proposition de M. Perry trouve au moins son application logique. Si les doses massives et les atténuations d'un agent médicamenteux se favorisent et se complètent mutuellement, il est hors de doute qu'on aura le plus grand avantage à administer simultanément ou successivement ces deux formes.

Oui, mais d'abord toute la question est là précisément ; et ensuite que deviennent les deux autres propositions de M. Perry, suivant l'une desquelles, chaque forme *conserve sa sphère d'action*, tandis que d'après l'autre, au contraire, il y a *neutralisation* de la dose *massive* par la dose *atténuée* ? Faudrat-il, par exemple, chez un malade dont l'affection dynamique serait le résultat de l'ingestion de doses massives, employer l'antidote de l'agent perturbateur, parce que ses doses infinitésimales n'empêcheraient nullement les autres de continuer leur action, ou devra-t-on se servir du même agent à l'état dynamique, en vertu de la propriété que possèdent les atténuations de neutraliser les doses massives ? Ou bien faut-il rejeter ces deux propositions comme se détruisant l'une l'autre, et admettre, avec M. Perry, qu'il y a connexité d'action entre la dose massive et la dose atténuée d'une même substance médicamenteuse ?

On le voit, l'ombre qui résulte de ces propositions contradictoires, est aussi bien projetée sur la question de pratique que sur la question de doctrine ; double effet désastreux qui se produit fréquemment, pour ne pas dire toujours, quand on se place uniquement, ainsi que le fait M. Perry, sur le terrain de la première. C'est là, comme on le sait, un des errements de l'ancienne école.

N'ayant aucune pierre de touche qui puisse lui indiquer *à priori* l'action curative d'un agent médicamenteux, c'est habituellement sur l'observation des guérisons obtenues depuis plus ou moins de temps, quelquefois depuis des siècles, par des gens étrangers ou non à l'art médical, qu'elle fonde le choix de ses moyens thérapeutiques. Néanmoins, depuis que s'est propagée la matière médicale de Hahnemann, les allopathes se sont montrés un peu plus soucieux qu'ils ne l'étaient jadis, d'expliquer l'action des médicaments qu'ils reçoivent ainsi de l'empirisme. Ils expérimentent donc. Mais, comme ils ne sont pas fixés sur la conséquence que peut avoir pour eux cette expérimentation, l'un fait ses essais sur l'homme sain, l'autre sur des moribonds; et tandis que le premier certifie, par exemple, que tel remède augmente beaucoup les sécrétions, l'autre vient affirmer qu'il les diminue considérablement. Cela n'élucidant pas très-bien la question, l'on a recours aux résultats de l'analyse chimique; et, cette analyse ayant démontré que le remède contient principalement de l'iode et du phosphore, l'un conclut en faveur de l'iode, un autre du phosphore, un troisième de tous les deux; et chacun applaudit à son explication; quand un beau matin quelque autre chimiste vient annoncer qu'il n'y a ni phosphore ni iode, dans le remède qui était censé leur devoir son efficacité. C'est bien un peu contrariant, et l'on conçoit qu'une nouvelle explication soit nécessaire. Elle ne se fait pas attendre : on dit que le remède agit comme reconstituant, en vertu des matières grasses qu'il contient. De sorte qu'en définitive, et pour désigner plus nettement l'exemple qui vient de tomber sous ma plume, l'un de ces beaux flacons d'huile de foie de morue si chèrement payés chez les pharmaciens, se trouve avoir, aux yeux d'un de nos thérapeutistes les plus distingués, un effet à peu près analogue à celui que produiraient deux cent cinquante grammes d'un corps gras quelconque, vendus quelques centimes chez un épicier.

Je m'empresse d'ajouter que tout cela ne nuit aucunement à la fortune du remède, quel qu'il soit, introduit de cette façon dans la thérapeutique des allopathes. Il ne savent pas comment il agit, mais qu'importe? Il agit ou paraît agir, c'est là l'essentiel. Eux aussi seraient en droit de dire, qu'il leur suffit de vider la question sur le terrain de la pratique.

Le docteur Perry ne l'ignore point, c'est d'une tout autre façon que nos principes nous ordonnent de faire. Qu'une substance nouvelle nous soit présentée comme ayant tel résultat dans une affection donnée, ce ne sera point sur des malades, mais bien sur nous mêmes, si notre état de santé le permet, ou tout au moins sur des gens dévoués, que nous expérimenterons ses effets. Mais en quoi cela pourrait-il servir aux allo-

2*

pathes? Quand bien même ils auraient unanimement reconnu
que telle substance ingérée par un individu bien portant a dé-
terminé, pour ne parler ici que d'un seul symptôme, une aug-
mentation considérable de la bile, prescriront-ils cette substance contre l'hypérémie bilieuse, en vertu du principe *similia
similibus*? ou l'administreront-ils dans l'oligocholie, confor-
mément au *contraria contrariis*? Que répondront-ils à cette
question? Ils répondront que l'expérience en décidera. Et sur
qui se fera cette expérience? Évidemment sur des malades.
Hélas! oui, sur des malades. Et comme un seul fait n'établit
rien en thérapeutique, ainsi que le dit avec raison M. Marchal
de Calvi, comme, d'un autre côté, l'expérimentation ne sera
point faite par un seul médecin, mais bien par cinquante, cent,
deux cents peut-être, que de gens seront exposés à pâtir, de ce
que, dépourvue d'un principe susceptible de la guider, la médecine allopathique est obligée de laisser la pratique dominer
sa doctrine, tandis qu'en homœopathie, dont le principe est
uniforme, c'est toujours la doctrine qui doit gouverner la pratique. Être infidèle à ce principe, ce serait l'apprécier beaucoup moins bien que l'apprécie M. Trousseau, quand il avoue
que la doctrine homœopathique repousse de la sorte et du
même coup le rationalisme et l'empirisme, et ce serait lui donner raison quand il ajoute « que plus tard ils reprendront leurs
droits l'un et l'autre. » Ne soyons pas, s'il est possible, moins
homœopathes que M. Trousseau.

Parmi les agents qu'il conseille comme préservatifs du cho-
lera, M. Perry fait occuper une place notable à l'application du
cuivre sur la peau; rappelant que Hahnemann lui-même s'est
servi de ce moyen comme d'un préservatif populaire dans certaines provinces de l'Allemagne, et invoquant le témoignage du
docteur Burq, à qui nous sommes redevables d'excellents travaux sur ce sujet.

Je suis loin assurément, de révoquer en doute les bons effets
du cuivre employé de la sorte; et j'admettrai même, sur la
simple affirmation de M. Perry, la préférence qu'il faut accorder dans ce cas au cuivre jaune sur le cuivre rouge.

Mais il me paraît indispensable d'insister un moment sur

cette méthode, afin d'examiner ce qu'elle a de conforme à nos
principes, et de relever en même temps ce que je remarque
d'obscur ou d'inexact, dans les appréciations que M. Perry
émet à ce propos.

En prescrivant le port habituel du cuivre sur différentes régions du corps, Hahnemann ne dérogea point à son principe,
et M. le docteur Burq n'est nullement en contradiction avec ses
tendances homœopathiques, puisque le cuivre produit évidemment des effets analogues à ceux du choléra, et n'est par conséquent préservatif ou curatif de cette affection qu'en vertu du
principe *similia similibus*. Mais si je suis d'accord sur ce point
avec M. le docteur Perry et tous les homœopathes, et même
aussi avec nos confrères les allopathes, qui auraient beaucoup de
peine sans doute, à expliquer différemment l'efficacité du cuivre
dans cette circonstance, je ne puis adopter *in extenso* l'opinion
de M. Perry sur cette application métallique.

« Le cuivre, dit-il, ne produit-il pas du reste des symptômes
analogues à ceux du choléra, non-seulement quand il est introduit dans l'organisme par les voies digestives, mais même
quand il est *simplement* appliqué à la peau, ainsi que j'en ai
cité ailleurs un exemple remarquable.

« Par suite de cette similitude d'action, ne l'employons-nous
pas avec un incontestable succès dans le traitement du choléra, et ne le donnons-nous pas aussi comme préservatif à
l'intérieur? Et n'est-ce pas une manière de le faire pénétrer
dans l'organisme tout aussi certaine, que de le mettre au
contact de la peau ou d'en faire respirer les particules infiniment ténues qui s'échappent de larges surfaces? » Au
point de vue grammatical, il y a bien dans cette dernière
phrase une légère obscurité; mais M. le docteur Perry ne nous
laisse aucun doute sur ce qu'il a voulu dire, en ajoutant :
« Seulement cette manière-ci a l'avantage d'être incessante,
sans fatiguer l'organisme, et sans mettre en jeu les voies digestives, ce qui la rend certainement préférable. »

Je ne puis admettre que l'application du cuivre sur la peau,
soit une manière aussi *certaine* de le faire pénétrer dans l'organisme que celle qui consiste à l'administer à l'intérieur, car

non-seulement il est difficile de déterminer *à priori*, la capacité d'absorption cutanée que possède un individu, mais encore il me paraît impossible d'apprécier les divers états physiologiques par lesquels cet individu peut passer, et qui, modifiant en plus ou en moins sa perspiration cutanée, causeront nécessairement des différences notables dans la nature et la quantité de l'absorption.

Je suis encore moins d'accord avec M. Perry touchant l'innocuité du cuivre employé de cette manière sur les voies digestives. Indépendamment de toutes les preuves qu'il me serait facile d'invoquer en faveur du contraire, je pourrais citer un fait qui m'est personnel, et que j'ai trop bien observé pour conserver un doute à cet égard. Mais il me suffira d'opposer M. Perry à lui-même, en rappelant qu'il disait tout à l'heure que le cuivre, « même simplement appliqué à la peau, produisait des symptômes analogues à ceux du choléra. » Or le tableau de ces symptômes serait-il bien complet si l'on n'en observait pas de très-remarquables du côté des organes de la digestion ?

Cela me conduit à dire quelques mots de cette médication externe si complétement repoussée par certains homœopathes. Selon eux, la seule voie d'introduction des médicaments, conforme aux principes de la doctrine homœopathique, est leur ingestion par la bouche. Ils s'intitulent les *purs*, et, sans trop s'inquiéter de certaines traditions du maître, ils lancent l'anathème contre ceux de leurs confrères qui ne semblent pas partager sur ce point leur exclusivisme. Eh bien, je crois que c'est là une erreur profonde, qu'il est d'autant plus nécessaire de dissiper, que le public, habitué de la sorte à considérer toute voie d'absorption autre que celle du tube digestif, comme un écart de nos principes, pourrait concevoir de fâcheux doutes sur la valeur de notre doctrine, dans un de ces cas où l'orifice buccal serait complétement inaccessible à l'introduction des médicaments. Supposons, par exemple, que l'un de nous soit appelé pour succéder à un médecin de n'importe quelle autre école, près d'un dysphagique arrivé à cette période ou l'ingestion des solides et des liquides est absolument impossible, quelle serait la conduite à tenir ? Et ce cas n'est point le seul de son genre. Ne pouvons-nous pas avoir affaire à l'une de ces congestions cérébrales ou de méningites qui, s'accompagnant d'un insurmontable trismus, nous jettera dans le même embarras? Ou encore, à quelqu'une de ces affections du tube digestif dont l'effet est d'annihiler ses facultés absorbantes? Faudra-t-il, dans le premier cas, abandonner le malade à la grâce du ciel? attendre dans le second, que la maladie revête une autre forme, et persister dans le troisième à se servir d'une voie d'introduction devenue si infidèle? Ne pouvant ici traiter cette question comme elle le mérite, ce que j'essayerai peut-être un peu plus tard, je me contente de la soumettre à toute l'attention de mes collègues, et je passe à l'examen des derniers errements contenus dans la brochure de M. Perry.

Ces errements, qui s'appliquent au traitement curatif du choléra, ne sont point ceux qui attireront le moins de critiques à leur auteur, puisqu'ils semblent être en opposition flagrante avec les principes fondamentaux de la doctrine homœopathique. Peut-être serait-on enclin à regretter que M. Perry n'ait pas étayé de quelques faits les théories qu'il met en avant, et à trouver, dans cette absence de preuves, un motif suffisant pour ne pas les admettre. Je n'adopte pas, pour mon compte, cette raison d'ostracisme, et ne suis nullement affligé du silence dans lequel notre collègue se renferme à cet égard ; attendu, d'une part, que les faits sur lesquels aurait pu s'appuyer M. Perry n'eussent été bien évidemment que favorables à ses opinions, et que, d'autre part, il m'est beaucoup plus agréable de discuter une question de principes que d'avoir à mettre en suspicion des faits avancés par un confrère.

Voici l'extrait littéral des passages qui me restent à examiner:

« La meilleure préparation du cuivre, dit M. Perry, est l'*ammoniure de cuivre*, cuivre ammoniacal. (Le sulfate ou l'acétate de cuivre peuvent être employés indifféremment.) Le docteur Burq, qui l'a recommandé et qui a cité des cas remarquables de guérison par cet agent, ne craint pas d'en porter la dose jusqu'à quarante, cinquante et même soixante centigrammes par vingt-quatre heures. Sans blâmer l'emploi de doses aussi énormes, puisque le succès l'a justifié et que nous savons d'ailleurs combien l'état pathologique est capable de modifier l'action des médicaments sur l'organisme, je crois inutile d'arriver à de telles extrémités, et je conseille d'administrer d'heure en heure, un centigramme de cuivre ammoniacal, à l'aide d'un mélange composé de un cinquième de ce cuivre et de quatre cinquièmes d'eau distillée, mélange dont on donnera une goutte à la fois. On insistera sur ce médicament en éloignant les doses à mesure qu'il agira favorablement. Dans un cas extrême, au contraire, si ces premières quantités, un cinquième de grain, restaient sans effet, il ne faudrait pas hésiter à les doubler en les alternant avec la teinture de *veratrum*. »

Et plus loin :

« Lorsque l'organisme ne paraît sensible à aucun des agents mentionnés et que les évacuations ne diminuent pas, je n'hésite pas à mêler au lavement de trois à six gouttes de laudanum de Sydenham, ou simplement quelques cuillerées d'eau de pavot, quand il s'agit de sujets très-délicats. Dans certains cas même, j'ai administré par la bouche de un huitième à un quatrième de grain d'opium, répété de deux à trois fois en six ou huit heures. J'ai vu, sous cette influence, les évacuations diminuer, la réaction vitale se réveiller et le malade devenir sensible aux agents homœopathiques jusque-là sans effet. »

Si j'ai bien compris le sens contenu dans ces lignes, il en ressort :

1° Que la doctrine homœopathique n'exclut point totalement la méthode *enanthiopathique* ou *palliative*, essentiellement fondée sur la théorie des contraires ;

2° Que tout en considérant comme simplement inutile de nous servir de hautes doses massives, nous ne saurions en blâmer l'emploi, puisque le succès l'a justifié ;

3° Que l'innocuité de ces hautes doses peut s'expliquer par la modification que l'état pathologique est susceptible d'imprimer à l'action des médicaments ;

4° Enfin, que nous devons employer des agents médicamenteux d'autant moins atténués que l'affection morbide est plus intense.

Qui ne verra, dans ces conclusions rigoureusement déduites du travail de M. Perry, un immense pas fait en arrière à la rencontre de la médication allopathique? Si de cette rencontre il pouvait résulter un accord commun, en vertu duquel les sectateurs de l'une et l'autre école s'élanceraient du même pas et du même esprit, à la recherche de toutes les vérités contenues dans les principes de notre doctrine, peut-être devrions-nous nous garder de blâmer, en vue du bien qui en résulterait plus tard, ceux de nos collègues qui auraient assez de courage pour consentir à recommencer, avec les retardataires, tout le chemin que parcourut Hahnemann, et le long duquel il fut successivement conduit à repousser, comme inefficace et même dangereuse, la méthode *énanthiopathique*; à ne plus employer, quoiqu'il en eût sans doute obtenu de bons résultats, ces doses massives dont il se servait dans le principe; à expliquer tout différemment que le fait l'ancienne école la modification exercée sur l'action des médicaments par l'état pathologique; à affirmer enfin que les agents médicamenteux dans lesquels on a développé cette puissance que leur donne la dynamisation suffisent dans tous les cas, quelque graves qu'on les suppose.

Oui, sans doute, nous aimerions à nous bercer de l'idée que certaines concessions transitoires amèneraient au point où nous sommes rendus nos adversaires en thérapeutique. Mais, indépendamment du doute que j'éprouve à cet égard, je crois que M. le docteur Perry n'a point envisagé son travail de cette façon, et que, loin d'entendre effectuer un mouvement de recul, il a pensé faire un pas en avant.

Dans ce cas, je me contenterai, pour le moment, d'avoir succinctement opposé, comme je viens de le faire, les déductions de Hahnemann aux théories de notre collègue, et je terminerai en exprimant le vœu que, dans la recherche du progrès dont la doctrine homœopathique est susceptible, on ait grand soin, non-seulement de ne pas attaquer, mais encore de ne pas laisser supposer que l'on touche à l'un des trois principes fondamentaux qui lui servent de base : son dogme, son axiome et sa théorie de la dynamisation.

Pour ce qui est de l'application si délicate et si variée de cette sublime découverte, qui nous a mis en main des agents aussi doux dans leur action que puissants dans leurs résultats, je la crois éminemment perfectible, et c'est à lui trouver son dernier mot que nous devons surtout employer nos efforts.

Sachons aussi nous garder de toute précipitation fâcheuse. L'expérience nous démontre tous les jours que, avec ses ressources actuelles, la doctrine homœopathique peut marcher côte à côte avec son aînée, sans avoir à redouter la comparaison.

Un peu de patience, nous avons vingt-quatre siècles devant nous.

Dr AUDOUIT.

PARIS. — IMP. SIMON RAÇON ET COMP , 1. RUE D'ERFURTH.

30

www.ingramcontent.com/pod-product-compliance
Lightning Source LLC
Chambersburg PA
CBHW061634180626
46818CB00005B/2384